**VENTE AUX ENCHÈRES PUBLIQUES**

*(Après Décès)*

HOTEL DROUOT — SALLE N° **11**

**Les Lundi 17, Mardi 18 et Mercredi 19 Février 1902**

A 2 HEURES ET DEMIE

de la

# Collection de M. le Général C^te^ de Novion

**MEUBLES ANCIENS & DE STYLE**

*Crédence, Bahut, Vaisselier, Glaces, Bois sculptés, etc.*

**ESTAMPES & LITHOGRAPHIES**

PAR

**DEBUCOURT, ROWLANDSON ET H. VERNET**

**Œuvres des Maîtres anciens des XVI^e^, XVII^e^ et XVIII^e^ siècle**

Révolution, Directoire, Empire, Restauration, etc.

**Eaux-Fortes modernes**

TABLEAUX — PASTELS — DESSINS — AQUARELLES

**Très beau buste de Femme du XVIII^e^ siècle**

TERRE CUITE, PAR PAJOU

**AQUARELLES & GOUACHES**

**Par le Général C^te^ de NOVION**

*Bronzes, Dinanderie, Étains, Faïences*

*Armes — Insignes militaires — Miniatures — Objets de vitrine*

**BIBLIOTHÈQUE**

**M^e^ J. GUILLET**
COMMISSAIRE-PRISEUR
*34, rue Baudin, 34*

**M. CH. BELVAL**
EXPERT
*6, Rue Saint-Georges, 6*

**Chez lesquels on trouve le Catalogue.**

EXPOSITION PUBLIQUE

**Le Dimanche 16 Février 1902**

DE 2 HEURES A 5 HEURES 1/2

## CONDITIONS DE LA VENTE

Elle sera faite au comptant.

Les acquéreurs paieront *dix pour cent* en sus des adjudications.

M. Belval, expert chargé de la vente remplira les commissions que voudront bien lui confier les personnes ne pouvant y assister.

L'Exposition permettant au public de se rendre compte de l'état et de la nature des objets, il ne sera admis aucune réclamation, une fois l'adjudication prononcée.

# DÉSIGNATION

## GOUACHES ET AQUARELLES

**par le général comte de NOVION**

1 — *Trompette de chevau-légers.*

2 — *Tambour de la République* (1793).

3 — *Cavalier de l'artillerie de la garde impériale.*

4 — *Merveilleuse* (1785).

5 — *Liberté, Égalité, Fraternité* (1789).

6 — *Pour le Bal de l'Opéra.*

7 — *Promenade Directoire.*

8 — *Le Petit tambour-major* (1793).

9 — *L'Amour en chevau-léger polonais.*

10 — *Propos galants.* Rehaussé au pastel (1795).

11 — *Dragon.* An VIII.

12 — *Hussard rouge* (1806).

13 — *Fanfan la Tulipe.*

14 — *Hussard d'Augereau* (1795).

15 — *Au Cirque.*

16 — *Les Houzards de la mort* (1791).

17 — *Gentilshommes Loüis XIV.*

18 — *Les Champs-Élysées.*

19 — *Un Soldat de la République* (1793).

20 — *Caricature sur M. Thiers.*

21 — *Le guet, mon cher, ne peut rien contre ces accidents-là !*

22 — *Mousquetaire gris.*

## BOIS SCULPTÉS

23 — Petit panneau décoratif, représentant une femme nue, vue de dos. Travail français du XVIII^e siècle.

24 — Groupe représentant une descente de croix.

25 — Statuette de Vierge du XVII^e siècle.

26 — Trois petits panneaux sculptés, vases avec des fleurs. Travail français du XVIII^e siècle.

27 — Petit bas-relief peint représentant La Cène. Travail d'Italie.

28 — Bas-relief représentant des amours et des oiseaux. Travail français du XVIII^e siècle.

29 — Belle statuette de vierge drapée. Travail français de l'époque Louis XIV.

30 — Deux statuettes. Saint Paul et un évêque, bois peint. Travail espagnol.

31 — Statuette de sainte Barbe, bois peint. Travail français du XVI^e siècle.

32 — Bas-relief représentant des amours et un trophée. Travail de l'époque Louis XVI.

33 — Lot de petites statuettes de bois sculptés, motifs religieux de diverses époques.

34 — Lot de bois sculptés divers, ornements, attributs, etc.

## DINANDERIE ET ÉTAINS

35 — Grand brasero espagnol en cuivre rosette monté sur trépied en fer ajouré.

36 — Coins de billards. Travail hollandais.

37 — Deux suspensions hollandaises.

38 — Fontaine avec plateau en cuivre repoussé et gravé. Époque Louis XIV.

39 — Flambeaux des époques Louis XV, Louis XVI et Empire.

40 — Navettes et réchauds.

41 — Huit paires de mouchettes avec plateaux en cuivre jaune et rouge, dinanderie hollandaise (*à diviser*).

42 — Cuivres variés (sous ce numéro seront vendus par lots, boîtes à tabac, éteignoirs, porte fers, appliques lumières, lampes à mains et trente-

neuf couvercles de bassinoires en cuivre rouge et jaune repoussé et gravé).

43 — Mortier en bronze, travail hollandais. Époque Louis XIV.

44 — Seau à eau bénite, travail français. Époque Louis XIV.

45 — Grande boite à tabac, forme lanterne en étain gravé de personnages, anse et couvercle. Époque Louis XIII.

46 — Petit vase aiguière avec anses à têtes de lion, étain de l'époque Louis XIV.

47 — Grand hanap à couvercle en étain gravé.

48 — Fontaine en étain en forme de vase balustre avec anses. Époque Louis XIV.

49 — Étains variés.

Sous ce numéro seront vendus par lots, timbales, salières, plats à la fleur de lys, assiettes armoriées, etc.

50 — Bronzes et cuivres d'ameublement.

Sous ce numéro il sera vendu par lots environ 200 pièces telles que : appliques et poignées de meubles, entrées de serrures, des époques Louis XIV, Louis XV, Louis XVI et Empire.

## FAIENCES

51 — Vingt pichets et Bachus, en faïence polychrome de divers pays et diverses époques, terres vernissées, verre décoré et terre de Lorraine.

Ce lot sera divisé.

52 — Dix statuettes en faïences polychromes de Nantes, du Croisic, de Quimper et terre de Cyflé.

Ce lot sera divisé.

53 — Service de vaisselle comprenant soupières, plats ronds, ovales, assiettes en ancienne faïence de Strasbourg. Soixante pièces environ.

Ce lot sera divisé.

54 — Dix pièces en faïences polychromes de Rouen, Nevers et autres ; plats et assiettes révolutionnaires, aiguières, vases à pharmacie, pichets, etc.

## BRONZES

### STATUETTES

55 — Petite statuette de Napoléon, bronze à patine jaune. Époque Ier Empire.

56 — Statuette de Napoléon, bronze à patine verte. Époque Ier Empire.

57 — Statuette de Déjazet dans les *Premières armes de Richclieu*, par THOMAS.

58 — Statuette. L'amour en chevau-léger polonais. Bronze doré. Époque Ier Empire.

59 — Statuettes d'amours formant pendants, bronze à patine brune sur colonettes en marbre.

60 — Statuette de Charles X en moine de l'Époque.

61 — Statuette buste de Louis-Philippe, patine brune.

62 — Presse-papier. L'enfant endormi par PIGALLE.

63 — Statuette de Renommée, sur colonnette en marbre blanc. Époque Louis XVI.

64 — Bronzes divers.

Sous ce numéro seront vendus plusieurs petits bronzes anciens, formant presse-papier, aigles, coupes, vide-poches etc.

65 — Médaillons.

Sous ce numéro seront vendus, par lots, 50 portraits médaillons, anciens et modernes en bronze, étain, fonte de fer et galvano sur les figures historiques. Henri III, Louis XIII, Louis XIV, Louis XV, Louis XVI. Les hommes de la Révolution, Napoléon, etc....

Plusieurs pièces anciennes et rares.

## TERRE CUITE

66 — **Très beau buste de femme du XVIIIe siècle** par A. Pajou.

Ce buste a figuré au petit Palais de l'Exposition de l'Art rétrospectif français en 1900.

## ARMES ET INSIGNES MILITAIRES

67 — Six hallebardes avec fanions. Époques diverses (*à diviser*).

68 — Six pièces, sabres et pistolets de l'époque impériale.

69 — Un lot d'armes exotiques.

70 — Environ 50 pièces d'insignes militaires. Aigles, numéros des régiments, plaques de schakos, de sabretaches et de ceinturons, cocardes, plumets.

## MEUBLES

71 — Baromètre en bois sculpté et doré. Époque Louis XVI. Feuillages et attributs.

72 — Glace Louis XIII, bois sculpté et doré.

73 — Deux encoignures en marqueterie de bois de couleur et dessus de marbre. Époque Louis XVI.

74 — Petit meuble d'entre-deux en marqueterie d'acajou avec dessus de marbre. Époque Louis XVI.

75 — Grande glace en bois sculpté redoré. Epoque Louis XIV.

76 — Glace formant trumeau bois laqué blanc et doré, décor d'attributs Louis XVI.

77 — Etagère d'encoignure à armoirette et tablettes en acajou au naturel. Epoque Louis XVI.

78 — Très beau bahut en chêne avec portes à panneaux pleins, tiroirs au centre et sur les côtés, sculpté d'ornements et rinceaux de style Renaissance. (*Parties anciennes*).

79 — Crédence en chêne sculpté, portes à panneaux pleins moulurés, le haut du corps orné de colonettes et niches avec statuettes, corniche à créneaux. Style Louis XIII. (*Parties anciennes*).

80 — Panetière du midi en bois sculpté, fleurs et attributs, noyer ciré. Epoque Louis XVI.

81 — Secrétaire en acajou, avec tablettes à abattants.

82 — Grand coffre d'antichambre orné de ferrures et de cuivres.

83 — Grand coffre italien de style Renaissance orné de ferrures et de poignées dorées.

84 — Bibliothèque en acajou de style Empire.

85 — Buffet à étagère, dit vaisselier de Nancy.

86 — Table Louis XIII en chêne, pieds à colonnes torses.

87 — Grand buffet de Lorraine à deux corps ornés de moulures en plein. Epoque Louis XIV.

## TABLEAUX

### DESHAYES

88 — *Deux Marines.*

Avec dédicace au général de Novion.

89 — *Etude de tête flamande.*

Gouache ancienne.
Cadre bois sculpté.

### GÉRICAULT

90 — *Etude de cheval.*

LANCRET (d'après N.)

91 — *Etude de femme.*

VAN OSTADE (d'après)

92 — *La Tabagie.*

Copie ancienne.

ÉCOLE FRANÇAISE DU XVIIIe SIÈCLE

93 — *Portrait de femme.*

Pastel ovale.

94 — *Portrait du cardinal de Richelieu.*

BUCHANAM

95 — *Paysage anglais à Ronta Castle.*

WOUVERMANS (Ecole de)

96 — *Chevaux à l'abreuvoir.*

97 — *Portrait de Saint-Mars.*

Cadre ovale en bois sculpté.

DEKER

98 — *Marine.*

99 — Tableaux divers, (à diviser).

100 — *Portrait d'homme, portant des ordres de chevalerie.*

Pastel ovale.
Cadre en bois sculpté et doré de l'époque Louis XVI.

## ÉCOLE FRANÇAISE DU XVIIIe SIÈCLE

101 — *Portrait de femme.*

Forme ovale.
Cadre bois sculpté et doré du temps.

102 — *Portrait d'homme en perruque poudrée et habit marron.*

## BERNARD

103 — *Portrait du celèbre agronome* PARMENTIER.

Signé et daté 1783.

## ÉCOLE FRANÇAISE DU XVIIe SIECLE

104 — *Petit portrait équestre de Condé.*

Cadre bois sculpté et doré.

## SPOEDE (I. S.)

105 — *Le Doyen des peintres.*

Avec deux estampes d'états différents.

## MONTCORNET

106 — *Portrait de François de Moncada,* marquis d'Aytone, général de l'armée du roi d'Espagne.

Cadre en bois sculpté et doré de l'époque Louis XIII, une petite estampe accompagnant.

107 — *Portrait présumé de saint Charles Boromée,* sur cuivre.

## PRUDHON (attribuée à)

108 — *Etude de femme nue.*

DARJOU (A.)

109 — *Etude de Breton assis.*

## DESSINS ANCIENS

PORTAIL

110 — *Le Petit marquis.*

Crayon noir et sanguine.

LANCRET (attribué à)

111 — *Groupe à la sanguine.*

CARMONTELLE (attribué à)

112 — *Portrait de jeune fille,* vue de profil.

Aux trois crayons rehaussé.

GREUZE

113 — *Étude pour la Malédiction paternelle.*

Crayon noir rehaussé de blanc.

114 — *Étude pour la Cruche cassée.*

Crayon noir rehaussé de blanc.

115 — *Portrait de femme,* vue de profil.

Crayon noir rehaussé de blanc.

SAUVAGE

116 — *Amours.*

Rehaussé à la gouache.

MALLET

117 — *Petite étude de tête.*

Aux trois crayons.

ECOLE FRANÇAISE

118 — *Portrait de jeune femme.*

Aux trois crayons. Rehaussé en couleur.

VAN OSTADE

119 — *Étude.*

Au crayon noir.

ROBERT (École d'Hubert)

120 — *Étude de paysage*, avec figures.

Rehaussé d'aquarelle.

TROY (de)

121 — *Portrait de gentilhomme.*

Crayon noir.

VIGÉE (L.)

122 — *Esquisse d'une composition allégorique.*

A la sanguine.

## AQUARELLES ET DESSINS

123 — *Portrait de femme.*

Signé et daté I. M. janvier 1812.
Dessin à la plume et au crayon noir rehaussé d'aquarelle.

DARGENT (E.)

124 — *Homme en costume du Directoire.*

Crayon noir.

JANNIOT (G.)

125 — *Le Ramoneur*

Aquarelle originale.

126 — Sous ce numéro.

Seront vendus par lot de 40 pièces environ 800 dessins originaux de l'Ecole de 1830 et modernes par : Janron, Schlegel, Charbonnel, Gendron, Calame, Chevilly, Protais, Lewis Brown, Lessorre, Brisset, Grévin, Laurens, Chabrillat, H. Leconte, Berquin, Crafty, Auriol, Rossert, Janniot Quinsac, Somm, Bac, Huart, etc...

## IMAGERIE (GENRE D'ÉPINAL)

127 — Dix-huit pièces. Françaises, allemandes et anglaises.

Scènes militaires, pittoresques et comiques.

# ESTAMPES ANCIENNES

## ÉCOLES ITALIENNE, FLAMANDE, HOLLANDAISE

128 — Trente-cinq pièces, par et d'après Bott, Gérard Dow, Metzu, Miéris, Netscher, Terburg, Tilborg, Van-der-Nerv, Van Steen, etc,

129 — Deux pièces par Wouwermans.

130 — Deux pièces : La Fête de village, la Réjouissance flamande, gravées par Lebas, d'après Teniers.

131 — Trente-et-une pièces gravées par Basan, Boel, Lebas, Van Steenn, d'après Teniers.

132 — Dix pièces : Tabagies et scènes rustiques, gravées par Suyderhoof et Nicol Wischer, d'après Van Ostade.

133 — Huit pièces : La Descente de croix et diverses à l'eau forte, par Rembrandt.

134 — Huit pièces, diverses par et d'après Jordaens, Terburg, Van-Dyck, Crœbsek.

135 — Six pièces variées, par Sadeler, 1580.

136 — Quatre pièces. La Belle jardinière et diverses, par et d'après Raphaël et Léonard de Vinci.

ÉCOLE FRANÇAISE

137 — Trois pièces. Babet. Babichon. Ah! c'en est, par Vigée et Touzet.

138 — Huit pièces. A la manière noire et sang., par Boucher, Freudeberg, Moreau le jeune.

139 — Six pièces variées, par Dumouchot, Natier, Raoux, Santerre, Wille fils.

140 — Trois pièces : Le Mezzetin, par et d'après Netscher et de Troy.

141 — Deux pièces : formant pendant : première et deuxième scène de voleurs, par Boilly.

142 — Cinq pièces variées, dont deux allégories sur les tombeaux de Louis XVI et Napoléon Ier.

## ESTAMPES

143 — **Le Tivoli Vaux Hall.**

Drawn by J. Rowlandson. Engraved by R. Pollard, aquatinto by F. Jukers.

Très belle épreuve encadrée.

144 — **La Promenade publique**, par DEBUCOURT.

Épreuve encadrée.

145 — **Les Eaux de Spa.**

Belle épreuve imprimée en couleurs par G. OPIZ.

Encadrée.

## ESTAMPES ET LITHOGRAPHIES

### CARICATURE ÉTRANGÈRE

146 — Dix-huit planches. Caricatures Allemandes, Flamandes, Belges et Hollandaises, dont cinq pièces par Loutherbourg.

147 — Quatorze planches grav. et col. sur la caricature italienne, par Ghizzi.

148 — Vingt-six planches,grav. col. Caricatures politiques anglaises sur le roi Georges et les hommes d'Etat, dont 4 pièces ayant trait à la France.

149 — Vingt-six planches grav. et col. Caricatures anglaises diverses.

### CARICATURES MILITAIRES ET DIVERSES

150 — Vingt planches. Caricatures militaires et diverses.

151 — Soixante-dix-sept planches environ sur la caricature française à diverses époques.

152 — Trente-six planches. Caricatures variées.

153 — Vingt-quatre planches. Caricatures variées de l'année 1800 à 1830.

154 — Neuf planches. Caricature sur l'époque de 1830, exécutées en lithogr. noir et col.

155 — Huit planches. Caricatures sur les armées et la noblesse et sur les défections, 1815.

## CARICATURE POLITIQUE

156 — Quinze planches grav. et col. sur l'époque de la Révolution.

157 — Cinq planches grav. et col. sur l'époque du Directoire dont une par *Isabey*. Son portrait au petit Coblentz.

158 — Huit planches grav. et col. sur Cambacerès et ses amis.

159 — Soixante planches exécutées en grav. et en lithogr. col. sur Charles X et les événements politiques de son temps, par H. Bellangé, Philipon, Pauvetier, Caillot, etc.

160 — Dix-neuf planches. Lithogr. color. sur Louis-Philippe et les hommes politiques de son temps.

161 — Quarante-sept planches. Lithogr. en couleur sur les événements de l'époque de Louis Philippe.

Plusieurs pièces par Daumier et Travies.

## CARICATURES

ÉXÉCUTÉES EN LITHOGRAPHIE COLORIÉE PAR DAUMIER

162 — Vingt-trois planches en noir et en coul.: Caricatures et actualités.

163 — Trente planches en noir et coul. sur les types parisiens : Bohémiens de Paris. Les Beaux Jours de la vie. La Comédie humaine. Les Monomanes. Les Silhouettes.

164 — Trente planches en couleur.

Croquis militaires par Daumier, Cham et Vernier.

165 — Treize planches noir et coul. sur les représentants représentés.

166 — Dix-sept planches noir et coul. sur les hommes politiques.

167 — Huit planches en coul.: Caricatures sur l'histoire ancienne.

168 — Douze planches en coul.: Les Métamorphoses de Robert Macaire.

## COSTUMES FRANCAIS

169 — Soixante-dix planches sur le costume français, d'après les artistes célèbres : Gaignières, Th. de Leu, Callot, Petitot, Van der Meulen, Bonnart, Lancret, Moreau le jeune, Debucourt, Vigée-Lebrun, Boilly, Carle et H. Vernet, Deveria, grav. et col. par Pauquet.

170 — Soixante-douze planches grav. et col. sur le costume historique français, par Duflos.

171 — Dix-sept pl. gr. et col. sur le costume historique des femmes. Collections Lanté et Gastine.

172 — Cinquante planches sur le costume à diverses époques, par Lacauchie et Lejeune.

173 — Cent quatre-vingts planches sur le costume des dignitaires français de l'époque impériale.

## COSTUMES HISTORIQUES

174 — Cent cinquante planches environ sur le costume français, du v^e^ au xv^e^ siècle, dessiné, gravé et colorié par Massart.

175 — Quatre-vingt-quinze planches environ sur les costumes du xv^e^ siècle, dont 2 pl. sur les monnaies du temps, dess., grav. et col. par Massart.

176 — Cent vingt-six planches sur le costume et les portraits du XVIIe siècle, dess., grav. et col. par Massart.

177 — Quatre-vingt-trois planches. Costumes et portraits du XVIIIe siècle, dess., grav. et col. par Massart.

178 — Cent-cinquante planches diverses sur les costumes historiques du IXe au XVIIIe siècle, par Martinet, et 50 pl. sur le costume français, de l'an II de la République à l'époque 1830, par Massart.

179 — Cent-cinquante planches sur les costumes et les coiffures au XVIIIe siècle.

Plusieurs épreuves d'essais avant inscriptions.

180 — Vingt sept planches sur le costume et la coiffure française, réimpr. color., toutes marges, av. lettres.

## ESTAMPES

### COSTUMES ETRANGERS

181 — Soixante-une pièces sur les costumes étrangers. Eaux fortes, col. par Duflos, le jeune.

182 — Quatre-vingt-cinq pièces sur les costumes français et étrangers. Grav. et col. par Pauquet et Cte Callixte.

## COSTUMES MILITAIRES ÉTRANGERS

183 — Vingt-quatre planches sur les costumes militaires, anglais, allemands, écossais, russes, plusieurs pièces grav. en coul. par et d'après C. Vernet et Jazet.

184 — Cent-soixante-deux planches grav sur bois et col. sur le costume militaire français, depuis le ve siècle jusqu'à 1857. Par Degouy, Philipoteau, et Lalauze.

185 — Quatre planches. Cavalerie et types étrangers, lithogr. en coul. Anonymes.

## COSTUMES CIVILS ET MILITAIRES

### Français et étrangers

EXÉCUTÉS EN LITHOGRAPHIES

186 — Trente-deux planches sur le costume français depuis Henri IV à l'époque 1830, lithogr. col. par H. Leconte.

187 — Cinquante planches représentant les mœurs et coutumes des Russes, lithogr. col. par A.-C. Houbigant.

188 — Trente-une planches sur les costumes militaires français de 1790 à 1814. Lithogr. en coul. ou col. d'après H. Vernet et H. Bellangé.

189 — Vingt-huit planches sur les costumes de la garde impériale, lithogr. en coul. ou col. par Lacoste, Guérin, Bellangé, de Moraine, etc.

190 — Six planches. Costumes de la garde du corps du roi, lithogr. en coul., par Aubry.

191 — Trente-deux planches sur le costume de la garde royale de 1814 à 1824, lithogr. en coul.

192 — Vingt-quatre planches sur les costumes de la garde nationale, municipale et rurale.

## COSTUMES MILITAIRES FRANCAIS

**Exécutés en lithographie et gravures sur bois**

### H. BELLANGÉ

193 — Trente-deux planches en coul. Les jolis soldats français, chant guerrier, par Ch. Plantade.

194 — Neuf planches en coul., militaires et fantaisie.

### CHARLET

195 — Huit planches lithogr. en noir et en couleur sur le costume et les scènes militaires de l'époque impériale. Quelques pièces rares et avant lettres, toutes marges.

196 — Treize planches grav. sur bois col. sur le costume militaire de l'époque impériale.

197 — Vingt-huit planches lithogr. en noir et en couleur sur la vieille armée française.

198 — Quinze planches lithogr. noir et couleur, costumes et scènes de l'époque impériale.

199 — Quinze planches lithogr. noir et couleurs. Charges et fantaisies.

GÉRICAULT

200 — Onze planches lithogr. noir et couleurs, sur scènes militaires, chevaux et cavaliers.

LAMI (E.)

201 — Vingt-cinq planches lithogr. noir et couleurs, fantaisies militaires.

RAFFET

202 — Vingt-cinq planches noir et couleur, sur les costumes militaires de l'époque impériale et de Charles X.

VERNET (Carle et Horace)

203 — Trente six planches lithogr. noir et couleur, Chevaux et cavaliers.

204 — Neuf pièces. Etudes de chevaux, scènes de chasse gravées par Jazet, dont deux pièces, en couleurs ou coloriées, sur les courses et le cavalier anglais, gravée par Debucourt.

VERNET (H.)

205 — Portrait de Frédéric Ier.

Belle lithographie en noir avant lettres

206 — Une planche : La chasse à courre.

Belle épreuve en couleur ou coloriée, encadrée.

207 — Dix planches gravées, dont sept sur les piquiers et mousquetaires, et trois planches sur le maniement d'armes des gardes françaises, par Baudoin.

## LE COSTUME PARISIEN ET LA MODE

### Editions diverses

208 — Cent soixante-douze planches environ sur le costume parisien des hommes et des femmes depuis l'an 9 de la République jusqu'à l'année 1810.

Grav. col.

209 — Cent-soixante-douze planches environ sur le costume parisien des hommes et des femmes de l'année 1811 à l'année 1817.

Grav. col.

210 — Cent-soixante-quinze planches environ sur le costume parisien des hommes et des femmes de l'an 1817 à l'an 1830.

Grav. col.

211 — Deux-cent-trente-deux planches environ sur la mode parisienne chez les hommes et les fem-

mes de l'an 1815 à l'an 1830. Quelques planches sur la coiffure.

Grav. col.

## PORTRAITS DIVERS

212 — Quarante-sept portraits d'hommes du XVI$^{e}$ au XVIII$^{e}$ siècle.

Quelques belles planches, pièces avant la lettre.

213 — Soixante-cinq portraits d'hommes du XVI$^{e}$ au XVIII$^{e}$ siècle.

214 — Trente portraits de l'époque 1828 à 1840.

Quelques belles pièces dont plusieurs à la manière noire.

215 — Treize pièces, portraits variés hommes et femmes dits au physionotrace.

216 — Vingt-six portraits divers plusieurs peints en coul. ou col. dont 2 portraits par Janinet.

217 — Treize portraits de Necker et un portrait de sa femme.

## PORTRAITS ETRANGERS

218 — Vingt-deux pièces : Portraits flamands et hollandais anciens.

219 — Cinquante-sept pièces historiques sur l'Angleterre.

220 — Quarante-trois pièces historiques sur l'Autriche, l'Allemagne, la Prusse.

Plusieurs portraits col.

221 — Dix-huit pièces historiques sur le Danemark, la Suède, la Russie.

Quelques pièces col.

## PORTRAITS HISTORIQUES

### Premier et Second Empire

222 — Napoléon Ier. Portrait en pied, costume des chasseurs de la garde.

Belle épreuve en coul. ou col. toutes marg. avant lettre. Cadre Empire.

223 — Napoléon Ier, Empereur des Français, à cheval.

Belle épreuve en coul. ou col. gravée par Jazet d'après Carle Vernet.
Cadre Empire.

224 — Trente et un portraits sur Napoléon, Joseph, Marie-Louise et le duc de Reischtadt.

Quelques beaux portraits par Isabey.

225 — Douze portraits sur Napoléon III et sur les personnages du IIe Empire.

226 — Douze portraits grav. et lithogr. sur les hommes de l'époque impériale.

## PORTRAITS

### Epoque Impériale

227 — Vingt-quatre portraits grav. et lithog. sur les généraux et dignitaires de l'époque Impériale.

Quelques pièces en coul. ou col.

228 — Dix-sept portraits avec bas-reliefs sur les généraux et fonctionnaires de l'époque impériale, grav. à la manière noire par Duplessis-Berteaux.

229 — Cent six portraits des maréchaux de l'Empire grav. et lithogr.

Quelques portraits en coul. ou col.

230 — Sept portraits de femmes lith. en coul. ou col. par et d'après S. Noël et Deveria.

231 — Trente portraits variés de Charles IX à Louis XIII.

232 — Cent quatre-vingt-dix portraits de la famille royale des Bourbons, depuis Henri IV jusqu'à Louis XVI.

Quelques belles épreuves, pl. p. color.

233 — Soixante-dix-huit portraits de la famille de Louis XVIII. Un portrait de Louis XVII et du comte d'Artois et quelques personnages de l'époque, avec une brochure de l'acte d'accusation de l'évasion du comte de Lavalette.

P. p. color.

234 — Cent portraits de la famille royale de Louis XVI, Charles X, le duc et la duchesse de Berry, Henri V, Louis-Philippe. Une belle épr. d'ap. Lawrence.

235 — Cinquante-neuf portraits sur les personnages de l'époque de Louis XIV.

236 — Soixante et un portraits sur les personnages de l'époque de Louis XV.

Quelques pièces en coul. ou color.

236 *bis* — Dix petits portraits sur Louis XVI, Marie-Louise, Louis XVIII, duc et duchesse d'Orléans.

**Les Marins célèbres de l'époque de Louis XIV et Louis XV et diverses**

237 — Vingt-deux portraits, dont un portrait de Nelson gravé en coul.

Quelques belles pièces.

238 — Dix-neuf portraits. Peintres italiens du XVIII^e siècle, par A. Longhi.

239 — Quarante-sept pièces sur les hommes d'église, Cardinaux, Abbés, Papes, Théologiens.

**Hommes célèbres du XVIII^e siècle**

240 — Douze portraits par Romanet, Hubert, Chevillet, Huot, Malœuvre

241 — Douze pièces dont: Un portrait de Jean-Jacques Rousseau;

Un portrait de la marquise du Châtelet;

Et dix portraits de Voltaire dont un gravé en coul. par Alix, d'après Garnerey.

242 — Trente-huit portraits des littérateurs et historiens français et étrangers.

243 — Vingt-sept portraits des acteurs et actrices français et étrangers.

244 — Trente-quatre portraits de musiciens français et étrangers.

245 — Dix-sept portraits des peintres français et étrangers.

246 — Trente-neuf portraits des hommes de la Révolution et du Directoire.

247 — Trente-deux portraits sur les Députés aux Etats-Généraux, à l'Assemblée Nationale et la Convention, dont un portrait de Marie Philipon, femme Rolland.

248 — Neuf pièces: Six portraits des chefs royalistes, guerre de Vendée; trois portraits de généraux étrangers de l'époque impériale.

249 — Quatre-vingt-cinq portraits sur les hommes de la Révolution.

Plusieurs pièces à la manière noire, en coul. ou col.

250 — Six portraits gravés pour l'ouvrage de Duclos, par Barthelemy Royer.

251 — Dix-huit portraits médaillons. Ex Bibliotheca Regia, d'après Ferdinand.

## PROCÈS ET CAUSES CÉLÈBRES

252 — Quinze pièces sur les causes célèbres, dont quelques-unes color.

253 — Douze pièces sur la conspiration contre Bonaparte, portraits de A. et I. de Polignac. Les femmes Hilaire et Verdier, etc., par Dumoutier et Gauthier.

## PAYSAGES

254 — Quatorze planches lithogr. en noir, par Bourgeois, Duthois, Harding, Wild.

255 — Dix-neuf planches lithogr. en noir et coul. Paysages anglais, scènes pittoresques, par Bonigton, Carray, Lami.

256 — Onze planches, grav. sur bois et col., paysages de Suisse et d'Italie.

## THÉATRE

257 — Quinze-cent-vingt planches environ sur le costume au théâtre et les portraits d'acteurs du Palais-Royal, Académie Royale de musique,

Opéra-comique, Vaudeville, Gymnase, Variétés, Ambigu-comique, Cirque olympique, Théâtres Français et Italien. Collection Martinet, grand nombre de pièces avant lettre et numéros.

Ce lot sera divisé.

258 — Seize pièces lithogr. et grav. en noir, en couleurs ou col. sur les portraits d'acteurs et d'actrices à l'époque du XVIIIe siècle, du Consulat et de l'Empire, plusieurs pièces par C. Vernet, Fauconnier, Sorel.

259 — Vingt-trois pièces, portraits, vignettes col. des artistes de la Comédie Française et Italienne à diverses époques.

260 — Quarante-six pièces portraits divers, grav. vignettes, lithogr. color.

261 — Trente pièces portraits d'acteurs et d'actrices, grav. et lithogr., fac-simile, reproductions Ier Empire et contemporaines, quelques pièces par E. Lami, Geoffroy et Lorsay.

262 — Quinze planches environ sur le théâtre étranger, grav. lithogr. diverses.

263 — Vingt-cinq planches environ sur le costume au théâtre à diverses époques.

264 — Quinze planches grav. variétés sur le théâtre, plusieurs pièces en coul. ou color

265 — Cent-trente-six pièces portraits d'acteurs et d'actrices en costume dans les tragédies. Ballets et opéra-comiques des années 1827, 1828, 1829, 1830. Lithogr. en coul. par Hippolyte Leconte.

## VARIÉTÉS

266 — Sept pièces variées, dont un portrait de Rachel.

Belle épreuve.

N° O

267 — Dix-sept lithogr. en noir et coul. par et d'après De Dreux, Deveria, etc., et une pièce sur Mademoiselle de Lavallière, grav. par Levachez, d'après H. Vernet.

N° A

## VIGNETTES

268 — Dix pièces grav. par Lalauze, pour les cent Nouvelles-Nouvelles de la Reine de Navarre.

269 — Vingt-deux pièces : Vignettes et culs de lampes gravés par Eisen.

270 — Sept pièces : Suite sur les sens, par Eisen et Wille fils, gravées par de Longueil.

271 — Soixante-dix-sept pièces diverses de Chodoweeski, Hem. Berger sur la Nouvelle-Heloïse, le Voyage sentimental, la Henriade.

272 — Onze pièces : Vignettes et frontispices, par Monet Queverdo et anonymes.

273 — Trente-huit pièces : Vignettes frontispices, et culs de lampes, par et d'après Deveria, Desenne, Westhal, A. et T. Johanot, Lefèvre, Moreau, E. Lanci, Colin, Villeroy etc.

274 — Trente-neuf pièces variées dont une en coul. par Saint Aubin, Massard, Boucher, Lepicié, Vilani, Derais, Watteau.

275 — Douze pièces historiques dont quatre en coul. par S. Leroy.

276 — Vingt pièces environ : Sujets variés, par Gravelot et Moreau.

277 — Huit pièces dont quatre sur la Partie de chasse de Henri IV, accompagnées d'une brochure de la comédie de Colé.

Deux pièces sur Mlle de Pompadour.

Deux pièces — par Cochin.

278 — Trente-deux pièces diverses : Vignettes frontispices, culs de lampes, lettres ornées, quelques pièces col. et enluminées.

279 — Quarante-cinq pièces. Vignettes en coul. ou col. et enluminées sur le costume français, anglais et sur la coiffure à diverses époques.

280 — Vingt-quatre pièces sur le costume à diverses époques, et pièces en coul. ou col. sur le costume espagnol.

281 — Douze pièces sur le costume anglais et français à diverses époques, noir, en coul. ou col.

## EAUX-FORTES MODERNES

282 — Trois pièces paysages par et d'après Ch. Jacques et Daubigny.

283 — Dix-sept pièces, eaux fortes et gravures sur bois par Meaule, Sauzai.

Quelques pièces sur papier de Chine.

284 — Dix-neuf portraits d'après les maîtres anciens par L. Flameng, Monzies, Laguillermie.

285 — Trente-huit portraits par Monzies, Jacquemart, Lalauze, Abbema, Waltner.

286 — Sept pièces par Dubois.

287 — Vingt-sept pièces diverses par Braquemond, Waltner, Ch. Jacques, Rajon, Hedouin, Casanova, Huot, Varin.

288 — Vingt pièces : Scènes rustiques et paysages par Yon, Lançon, Jacques, Millet, Guignard, Toudouze.

Quelques belles pièces sur Chine.

289 — Cinq pièces, belles épreuves, d'après Zurbaran et Velasquez, par Laguillermie.

290 — Dix pièces. Scènes pittoresques par et d'après Boilvin, Cortazzo, Gonzalès, Casanova, Los Rios, Pagliano, Monzies, Jazet.

291 — Huit pièces, par Zimenes, B. Bellecour, Feyen Perrin, Chaplin, Duran, Roybet, Burnand.

292 — Dix-huit pièces militaires et fantaisies, par Dumaresq, Tomasi, Lalauze, Goupil, de Nittis, de Neuville, Adeline.

293 — Treize pièces, par Guerard, Blanc, Carey, E. Morin.

294 — Vingt pièces, par Boutet, Rops, Gravesande Lecurieux, Jacques, Blery, W. Unger.

295 — Vingt-quatre pièces, paysages et monuments par Rochebrune, F. Perrin, de Gourcy, Chauvel

296 — Onze pièces, paysages, par Gabriel, Barthelemy, Boromeo, Corot, Cinier Constantin Vollon, P. Huet.

297 — Vingt-quatre pièces publiées par la Société des Aqua-fortistes.

298 — Douze pièces, monuments et vues de Paris par Delaunay, Bruyère, Rochebrune, Bauvery, Queyvray.

299 — Huit pièces, par Courtry.

300 — Huit pièces, dont une eau forte, par Janniot. Deux gravures, et une lithogr. par Nanteuil.

**PARIS PITTORESQUE**

301 — Trois fasicules contenant chacun vingt pièces environ, dessinées et gravées à l'eau forte, par Alfred Delauney.

**MINIATURES ET OBJETS DE VITRINE**

VIGÉE-LEBRUN (Attribuée à Mme)

302 — Miniature à la gouache, d'après son tableau dit : *la Femme au manchon.*

DEBUCOURT (Attribué à)

303 — *Portrait de jeune femme*, vue de profil, en habit rouge et coiffée d'un grand feutre à plumes noires.

Dessin rehaussé d'aquarelle.

ECOLE D'ISABEY

304 — *Portrait du duc de Reischtadt.*

305 — Deux médaillons coulés sous cristal taillé : Portrait de Louis XVI et Marie-Antoinette.

306 — Deux boîtes rondes en bois sculpté.

Travail de Bagarre, de Nancy.

307 — Tabatière en bois dur garnie d'argent.

308 — Deux dessus de boîtes décorés de scènes champêtres, au vernis de Brunswich.

309 — Tabatière en écaille ornée d'un portrait de général républicain.

310 — Tabatière en écaille ornée d'un portrait de femme du Directoire.

311 — Deux médaillons : Portraits de Napoléon et de Joséphine, étains patinés, d'Andrieux.

312 — Sous ce numéro :

Seront vendus par lots, tabatières et bonbonnières en bois dur, corne, écaille, cuivre, bronze, etc., bibelots variés.

313 — Bibliothèque, environ 150 volumes sur l'histoire, littérature, politique, histoire militaire, etc.

314 — Objets omis.

Paris. —Imp. Menard et Chaufour, 8-10, rue Milton.

www.ingramcontent.com/pod-product-compliance
Ingram Content Group UK Ltd.
Pitfield, Milton Keynes, MK11 3LW, UK
UKHW021100270726
13994UKWH00009B/1711